中国好诗词鉴赏文库

高洪波 著

几度长吟集

武汉大学出版社

图书在版编目(CIP)数据

几度长吟集/高洪波著 .—武汉:武汉大学出版社,2015.9
中国好诗词鉴赏文库
ISBN 978-7-307-15568-8

Ⅰ.几… Ⅱ.高… Ⅲ.诗集—中国—当代 Ⅳ.I227

中国版本图书馆 CIP 数据核字(2015)第 072452 号

责任编辑:张福臣　　责任校对:汪欣怡　　版式设计:韩闻锦

出版发行:武汉大学出版社　(430072　武昌　珞珈山)
（电子邮件:cbs22@whu.edu.cn　网址:www.wdp.com.cn）
印刷:湖北知音印务有限公司
开本:950×1260　1/32　印张:6.5　字数:108 千字　插页:1
版次:2015 年 9 月第 1 版　　2015 年 9 月第 1 次印刷
ISBN 978-7-307-15568-8　　定价:30.00 元

版权所有,不得翻印;凡购买我社的图书,如有缺页、倒页、脱页等质量问题,请与当地图书销售部门联系调换。

前　言

张福臣

　　春去冬来，一年的轮回，时间有时快得像白驹过隙，有时又仿佛停在那不动。经过两个多月耐心的等待，《中国好诗词鉴赏文库》的封面终于浮出水面，"叶辛山水情韵"终于来到了我的桌上。一见就喜欢上了，看见了封面上的山，

　　　　"五岳寻仙不辞远，
　　　　　一生好入名山游"

就像看见的李白吟着走着来到面前。

　　　　"云龙地缝天来水，
　　　　　缝底巨石张开嘴，
　　　　　悬崖峭壁绿荫垂，
　　　　　千仞巉岩四边围。"

叶辛老师就跟在后面。是的，叶辛老师这首诗就在我眼前吟就，那是走在恩施大峡谷的雨中，今天看着这首诗就像当时的雨滴在滴答滴答。

看到了叶辛，就想起肖复兴，也就在两个月前，我和老伴陪着复兴老两口流连于汉口江滩，可巧，也是小雨中。"武汉真不错，有这么美的去处，武汉人有福！"复兴兴趣所至，张口就来：

"轩豁一堤轩豁思，
纸鸢正是放飞时。
三叠细瀑风中落，
十里长龙月下驰。
火蓟雪樱花是梦，
石雕金刻字为诗。
白云黄鹤千载后，
汉口江滩绝妙诗。"

复兴的感慨，复兴的古诗新唱，复兴的《复兴诗草》，留在了江滩，留在了武汉。

昨在江滩，今游东湖。东湖的天上下着小雨，流到东湖地下时，成为了复兴老师口中吟出的古诗新唱：

"竹忆桥怜水自闲，
东湖二十五年前，
迅哥对坐坪中草，
屈子行吟阁上烟。"

雨合着诗还在缠绵。徐鲁老师和宏猷兄已候在东湖边上的闲云阁。

徐鲁老师听说复兴兄来汉为"名家讲坛"讲课，提前半个多月就和我定下了为复兴兄和嫂子接风。这倒成全了我，我是最大的受益者，省下了人民币且不说，在东湖边上、在雨中、在闲云阁，徐鲁老师为我签下了熊召政先生的《故国山河集》。宏猷兄更是慷慨地献出了压箱底的大作《南山窖雪》。这是他多年的心血，也是他最疼爱的"儿子"，并且是他和他四十多年的挚友如兄弟陈伯安的唱和集。四十多年的真情，四十多年的风雨与共，四十多年的不离不弃，四十多年对文学的坚持，四十多年新诗的吟唱与古诗的情怀，《南山窖雪》是最好的见证。

不知是天意，还是一切都在冥冥之中，湖北省作协副主席刘益善老师听说我在策划出一套当代古典诗词丛书，他真诚热情地推荐了我国当代著名作家、诗人王蒙、高洪波、罗辉三位先生的大作。王蒙的《王蒙的诗》，高洪波的《几度长吟集》、罗辉的《一路长吟集》。这套丛书书稿已有7部，不到一年的编辑工作，算是一个段落，应该收获不小。

面对这些诗稿，我冷静下来在思索，回看当下的大形势，习总书记在北京师大参观教师节30周年展览时说：我很不赞成把古代经典诗词和散文从课本中去掉，去中国化是很悲哀的。同时，全国也兴起了国学热、传统文化热。同时也有了古诗词回归中小学课本的可能性，再总结这些信息的同时，头脑里时常冒出唐诗、宋词，挥之不去。特别还有那首歌词，"长亭外，古道边，芳草碧连天……"，几乎在大脑空出时就冒了出来。经常向这些老师和朋友请教及探讨这形势和现象，同时和陈伯安老师（陈老师是教育家并当了多年的教育局局长，70多岁了还在每周讲国学）共同请了一些作家学者座谈，最终我决定以上述的那7部书稿作为"药引子"，由此乘胜追击，出一套涵盖中华五千年所有朝代有代表性古典诗歌文库，即"中国好诗词鉴赏文库"一套，共40册，从当代起始，分为当代卷、现代卷、近代卷以及清、明、元、宋、五代、唐、南北朝、魏晋、春秋战国，到春秋战国时的《屈原诗集鉴赏》。

这是一个宏大的工程，一个雄伟的目标，能否实现，我想武汉大学出版社拥有众多名校的专家学者，更有这些鼎力支持的著名作家、诗人，他们的影响力，他们的能量都是非常大的。《唐诗三百首》、《宋词三百首》长销不衰，最有影响力的还是李白、杜甫……当代的几位大家也不差，比如熊召政的古诗词就有900多首，肖复兴的有600多首，民国时的如聂甘弩有上千首，柳亚子更甚。当代、近代也好，古代也罢，都应该传承下去，都应该作为历史,作为文学史,在我们这里存档。当代以前的古诗词已写进中华五千年的文化、文明,当代以后的古诗词不就是写进中华五千年的文化、文明、文学史吗?他们个人的素质,他们以一个作家的良心,他们的作品,他们用手中的笔书写的是对民族的担当,对国家的热爱,对生活的真实,对大自然的赞美,对文学的执著,对诗歌的情怀,他们没有用笔谋私,没有用汉字献媚,没有在灯红酒绿中打情骂俏。他们完全可以上追古人,下启新人,以自己的真情实感和对古典诗词的底蕴,写进中华五千年的文化、文明、文学史。

《中国好诗词鉴赏文库》从策划到出版成书大约需要3年的时间,我可能无力完成这个宏伟的目标了,能够把当代卷出齐,只当抛砖引玉。刚好在人生的年轮里走满一个甲子,到了洗洗睡的时候。如今回想起来到武汉大学出版社刚好5年,5个秋去冬来,5个春夏秋冬,5个轮回,也是说长不长说短不短。5年前,郭园园老师、陈庆辉社长将我引进武汉大学出版社这个平台上,这是我非常喜欢的一个平台。在这个平台上,我尽全力,争分夺秒地折腾着。5年的时间,策划出版了《中国知青文库》丛书56册,《六书坊》7辑42册,《中国好诗词鉴赏文库》当代卷7卷,还有《汉口码头》、《中国古今家风家训100则》等各类图书近50册。本人能够以出版人的良知和责任做了一些应该做的事,并做成了一些事。首先要感谢郭园园老师、陈庆辉社长给了我机会,特别要感谢的是刘爱松总编的支持、帮助和关怀。更要感谢的是全国著名作家,如白描、阿城、贾平凹、张抗抗、竹林、高红十、张承志、邓贤等有名和没出名的作者的无私帮助。最后要感谢的是我那些亦师亦友的挚友们,如叶辛、肖复兴、董宏猷、陈伯安、徐鲁、刘晓航、刘晓萌、郭小东、岳建一、晓剑、刘益善、孟翔勇等不离不弃的真正的友情。

  5年能为读者,能为社会留下三套丛书,近200册有用的图书,作为出版社,作为出版人,也算是个见证,虽然没有物质上的期望值,但在当下,在未来,能够有读者,有社会上的认可,足可告以慰藉了。因此,到了快要说再见的时候,一个人的职业生涯和人生快到终点时,所作所为能够留下一点点痕迹,足矣。更何况还拥有这么多的亦师亦友的挚友们。因为都是缘分。我为拥有朋友们而快乐!我为拥有你们而骄傲!拥有你们此生无憾!

  《中国好诗词鉴赏文库》,就算是一个出版人在武汉大学出版社的平台上的谢幕,不是绝唱的绝唱。

2015.9.1 于武昌

序

将多年涂鸦的旧体诗词结集出版,曾是一个美丽的梦想,没想到成为活生生的现实,其乐可知。

我于旧诗,下工夫不够,欠缺苦吟精神;平仄也不讲究。只是酷爱鲁迅、郁达夫、聂绀弩及清人龚自珍的诗,再补上几位,当推陆游和郑板桥了,这些名家的诗词,百读不厌,不知不觉自己也试写起来。以前写在纸上,而今录入手机,故手机信息极大的推动、方便了我本人的诗词创作,近年间大多作品摘自于手机,这个高科技产品的普及,惠及不少诗歌作者,尤其旧体诗词的作者,真是始料未及。

我写旧诗,不废新诗,属于双轨制,双管齐下,这一点上,前辈诗人臧克家、刘征、邵燕祥、丁芒、刘章诸位卓有建树,"我是一个两面派,新诗旧诗我都爱",这话好像是克家先生说的,从某种意义上道出了一个秘密:新与旧只是形式,是外壳,诗的精神内核,却只有一个,是否是诗,是好诗,有公认的尺度。

沉郁也好,灵动也罢,诗心诗意诗眼诗味应是共同的追求,生活中有写诗的冲动,这本身就让人快活,人类把诗歌推举到精神层面的最高端,这正是人类最伟大之处。

最后,我要感谢武大出版社张福臣兄力助此书的出版。"莫从文体问高卑,生就灯前儿女诗。一种春声忘不得,长安放学夜归时",龚自珍的这首小诗,用作本文的结尾,应是再合适不过了。文体确实无高卑,关键是诗人自己。

"天意君须会,人间要好诗。"补一句:"诗心托明月,新旧两由之。"

是为序。

高洪波

2015 年 4 月

目　录

自题诗·军旅	/1	端午青田	/21
无题	/2	题记大足宝顶山	/22
报国寺听夜雨	/3	红豆新题	/23
登峨眉金顶	/4	冰峪风景	/24
观杜甫塑像	/5	六盘秋色	/25
西江月·三峡	/7	抒怀沙坡头	/26
贵州故地之旅（两首）	/8	靖边感怀	/27
大庆月夜抒怀	/10	三品洋河大曲	/28
浙西四题	/11	崇明印象（三首）	/30
玉环印象（两首）	/13	冰雕小咏	/32
赠横店影视城	/15	亚布力有感	/33
赠林芝巨柏园	/16	观金源文化抒怀（五首）	
三峡诗抄（五首）	/17		/34
轻吟九门寨（两首）	/19	赠华西村	/37
咏常德诗墙	/20	走厦门有感	/38

题昆山糊涂楼 /39	题杭州于谦祠 /89
观雕塑"第一犁"（两首） /40	"八一"抒怀 /90
	走抚顺 /91
题西双版纳童话林 /41	元旦有感 /92
咏长治 /42	咏雪 /93
湘行散咏（组诗） /43	闽行两首 /94
黄龙洞二咏 /45	阿拉伯纪行 /95
遵义九章 /46	题云南王丕震纪念馆 /101
黑河杂咏（组诗） /50	赠周涛（三首） /102
军营感怀（组诗） /54	赠马学武 /104
喜迎十七大有感（两首） /58	赠束沛德 /105
	赠刘水生 /106
皖行杂咏 /60	赠谢鸿光 /107
山西吟草（九首） /64	赠白庚胜 /108
苏区纪行 /68	赠高树勋 /109
伊敏河四章 /72	赠蔡振华 /110
《骄子从军》三题 /75	赠朱虹 /111
江门六章 /77	赠黎刚 /112
黄河吟草 /80	赠张贤亮 /113
过庐江谒周瑜墓 /86	赠肖怀远 /114
咏宜春明月山 /87	赠宋晓梧 /115

端午寄友 /116	读评论集后赠李美皆 /135
赠丁士 /117	赠朱晓平 /136
元旦赠丁士 /118	赠刘宪平 /137
赠温燕霞 /119	赠赵首先 /138
赠吕雷 /120	赠张秋林 /139
赠李聪颖 /121	读徐光耀《昨夜西风
赠吕进 /122	凋碧树》三题 /140
元旦赠赵黎平 /123	赠马丽华 /142
赠军旅诗人王毅 /124	赠刘颋 /143
赠珠海诗人罗春柏 /125	赠李东华 /144
赠丁一 /126	赠杨守松 /145
贺李松涛六十花甲 /127	艾青逝世十周年感怀 /146
忆秦牧先生 /128	题《石狮日报》 /147
悼刘希全 /129	赠黄蓓佳 /148
赠刘顺达 /130	题《大庆词典》诗集 /149
答张胜友 /131	
赠贺捷生大姐 /132	赠樊建川 /150
赠《幼儿画报》二题 /133	赠吕雷 赵洪（两首） /151
四月走邯郸寄杨慧书记 /134	贺广西接力出版社二十周年 /152
	代《幼儿画报》拟礼品

诗（药枕） /153
代《幼儿画报》拟礼品
诗（煎锅） /154
代《幼儿画报》拟礼品
诗（盐灯） /155
赠李瑛先生（二首） /156
赠李迪 /157
赠李迪赴丹东 /158
赠俞林祥上将 /159
赠国防大学友人三章/160
诗友唱和专辑 /162
南国纪行（十八首） /166
神农架杂咏（十首） /175
题商泽军所藏罗汉图/179
题重庆江津爱情天梯/180

卢梓仪《花开的声音》
研讨会有感 /181
送小女绍兴出阁 /182
读李兰妮新作有感 /183
贺刘家三诗人上庄集出版
/184
贺刘福君新诗集出版/185
赠梅毅 /186
为续维国散文集《玩味
老通辽》题大冶行
/187
读《父亲的雪山
母亲的草地》
致贺捷生大姐 /191

自题诗·军旅

心系滇南营门柳，

情牵边地哨所灯。

灵魂曾经军衣染，

从此常忆五星红。

2007年1月

无　　题

诗酒文饭伴流年，

最喜人间四月天。

一杯浊醪淡淡月，

暂脱红尘去悟禅。

注：清人文论中将诗喻为酒，文喻为饭，诗偶作，文常为也。

2005 年 4 月

报国寺听夜雨

将登峨眉雨临窗，

客栖野寺宿寒床。

佛光不照朝圣路，

化作愁云漫汪洋。

1978 年 5 月

登峨眉金顶

意中峨眉千般秀,
今见峨眉秀更增。
汗滴石阶润幽径,
杖叩静谷乱鸟声。
云迎远客万年寺,
风送游人金顶行。
此景一旦入襟抱,
激我豪情唱大风。

1978 年 5 月

观杜甫塑像

春秋十年过,夙愿何其多!
愿登峨眉山,绝顶发浩歌;
愿朝乐山寺,一拜凌云佛;
愿与草堂燕,相戏浣花波;
愿谒武侯祠,拭目观诸葛。

    而今解甲归城日,
    诸般夙愿竟相得。
    峨眉烟云凝未散,
    又赴锦城访古柏,
步入草堂深,思幽吊诗客。
    先生尝我入梦中,
    诗魂杳杳招不得!

今瞻塑像真,忧容问游客:

"故国河山安在我?

谁人巨手息兵革?"

"山河依旧人已变,

春水一泓熄烽火。"

杜公听罢喜上眉。

拈须沉思吟不辍

——我若重塑杜公像,

剔其愁容增其乐。

诗翁一世忧元元,

岂能万古悲蹙额!

1978年5月25日雨中作于重庆鹅岭

西江月·三峡

万里长江东流,
李白昔日泛舟。
还是当年滔天水,
今日送我神游。
人生难得快意,
但见乌发白头。
无挂牵时携友行,
记忆青春时候。

1978 年 5 月长江舟次

贵州故地之旅（两首）

开阳有感

故地二十六年前，
曾忆青禾雪漫天。
如今只有开阳雨，
追身随影洗华年。

青禾归来

散文诗乡我曾游,

无心补硒少年头。

青龙河畔柳仍在,

碧绦不系旧时舟。

注：贵州省开阳县青禾区，为我1978年春季征新兵时居住过两个月的地方，时为中国人民解放军炮兵排长，该地产富硒农作物，遂有此诗。

2004年7月23日于贵州开阳

大庆月夜抒怀

今人不见铁人月,
今月曾经照铁人。
创业前辈身虽逝,
长留神魄耀星辰。

2004 年 8 月 2 日于大庆市

浙西四题

开 化

钱江源头开化水,
品罢龙顶方知茶。
秋江更比春江绿,
颠狂猛醒即仙家。

江 山

千古江山藏神笔,
百代风华孕奇诗。
曾经几度湖海客,
最忆郎山秋雨时。

常　山

秋雨常山柚子园，
暂将刀剪付甘甜。
枝头暗香浮不动，
洗去凡尘且为仙。

衢　州

朗月一轮照扁舟，
孔雀悄然上枝头。
南宗文气存孔庙，
锦瑟千年又一秋。

注：公元 2003 年 10 月上旬，与国内 50 余名作家参加"浙江首届作家节"后同赴浙西采风，行色匆匆，但收获颇丰，得此四小诗以志之。

2003 年 10 月中旬于北京

玉环印象（两首）

咏七彩榴岛

生活基地三十八，
借重玉环第一家。
美文列阵添翠碧，
好诗如酒醉流霞。

注：1. 榴岛是玉环的古称；
   2. 生活基地指作家生活基地；
   3. 玉环文化非常活跃。

叹农业观光园

玉环圈住百果园,
不让石榴独为先。
生态引得心态好,
游人到此久流连。

2004年9月24日于浙江玉环

赠横店影视城

无中生有有生金,
横空出世世界惊。
东阳耕夫具慧眼,
一店偏容紫禁城。

2005 年 7 月 21 日
浙江横店

赠林芝巨柏园

林芝有林林有芝，
云白风清遍地诗。
曾经巨柏挽玉臂，
从此日夜起相思。

～注：此为参观2600年巨柏园所题。有巨柏极大，高50米，胸径5.8米，树龄2600岁，感叹比孔子年长。另有两株倒伏，生命仍在。建议林芝的同志改此地为"吐蕃神树园"。

2003年8月21日于西藏林芝

三峡诗抄（五首）

（一）

揽江拏云英雄事，
截流当推百代功。
欲问豪杰今何在？
塔吊遥指最高峰。

（二）

少年心事当拏云，
云入巫山难再寻。
截取一段三江水，
催来渔火壮诗心。

(三)

三峡渔歌伴涛声,
湍急流深几秋冬。
还是李白泛舟水,
而今蕴电走雷霆。

(四)

六十年代看大庆,
九十年代观三峡。
高山仰止正气在,
一江豪情贯中华。

(五)

千秋万代事,
江山一望中。
掬起三江水,
换得百代功。

2002 年 10 月 10 日于长江三峡

轻吟九门寨（两首）

（一）

九门清风客，

鹅溪朝圣来。

石坛礼佛毕，

千里心花开。

（二）

九门奇山水，

鹅溪一望中。

昔日播火处，

如今更葱茏。

1999年12月4日匆匆于浙江青田

咏常德诗墙

　　慕名参观常德诗墙，沿沅江防洪圈，一修十二里，材质为青色花岗岩。见诗满布其上，古诗多记当地人事是非，今诗则略广泛。又闻常德会战在此，八千忠魂永驻，日寇亦卒无数。敬意即起。

　　三绝诗书画，
　　常德一诗墙。
　　浩然正气在，
　　天地大文章。

1999 年 4 月 24 日于湖南常德

端午青田

杨梅枝头日,

古瓯酿春时。

一吟三击掌,

美酒催新诗。

1999 年 6 月 6 日于浙江青田

题记大足宝顶山

大足石刻天下闻,

千年之后喜登临。

石有性情山有意,

借得佛光照古今。

1999 年 11 月 16 日于重庆雾都宾馆

红豆新题

——参观红豆集团有感

一粒红豆万首诗，

锦心绣口吐柔丝。

情网罩尽天下客，

任你豪杰也相思。

2001年6月27日于江苏无锡

冰峪风景

相约冰峪未见冰，

唯闻莺语唱清风。

北地奇绝佳山水，

悠然长忆唐太宗。

注：据载，此地为唐太宗驻兵地，原名"兵御"，后取谐音得名。据说，出土过一柄古剑、行军锅等。

2001年7月6日于辽宁大连冰峪

六 盘 秋 色

野荷无语立秋风,

香泉一泻自奔腾。

分明置身塞外路,

却似江南景物中。

2001 年 9 月 3 日登宁夏六盘山

抒怀沙坡头

时隔十六载，故地重游，见沙坡头新颜，感慨巨变。

你有大漠我有歌，

慷慨一曲唱沙坡。

草方格内织经纬，

此身权作日月梭。

2001年9月4日于宁夏中卫县沙坡头

靖边感怀

李季吟诗地，

后生采风来。

一曲信天游，

泪逐心花开。

2002年1月11日于陕西靖边

三品洋河大曲

(一)

美人泉畔洋河酒，
酿就千樽醉风流。
一滴入喉三分醉，
杜康到此也低头。

(二)

江东子弟多才俊，
酿得美酒奉至尊。
当年项王若知味，
定过乌江重整军。

(三)

诗酒自古共风流,

香透岁月醉千秋。

我取洋河一瓢饮,

酒都豪气冲斗牛。

2002年9月25日参观洋河集团有感

崇明印象（三首）

咏老白酒

白酒偏具琥珀光，
穿心入口化愁肠。
会须一饮三百盏，
错认崇明是故乡。

赠崇明

万里长江东入海，
托出人间宝岛来。
浊浪淘尽沧桑事，
留得华章赋瀛台。

题华东第一林

江风海涛育此林,

岁月荏苒五十春。

枝叶扶疏凝碧玉,

抚松更忆植树人。

2002 年 11 月 5 日于上海崇明岛

冰雕小咏

一江松花水,

万盏琉璃灯。

琼楼配玉宇,

雪城更年轻。

2003年1月3日于哈尔滨

亚布力有感

雪地冰天冻云凝,

从容且向林海行。

呵气成霜几曾见,

飞身跃下百丈冰。

2003年1月5日于尚志市亚布力滑雪场

观金源文化抒怀（五首）

公元 2003 年 1 月 5 日，置身金源文化故地阿城市，原为金上京，叹宋钦、徽二帝曾囚禁在此，完颜阿骨打已沉睡 800 余年。曾经战场豪情均已凝固，当时器物荡着历史之音。

（一）

青史凭谁定是非？

多情岁月锦灰堆。

倘若武穆遂心愿，

何必金牌十二催。

(二)

坐井观天五国城，

到此常忆宋徽宗。

笔墨难绘亡国苦，

故垒颓坦尚有情。

(三)

北地苦寒金上京，

海陵一炬毁座龙。

金源故地风景异，

圣火不祭旧时风。

注：海陵王强行迁都，火焚上京城，留下代表性文物铜座龙，为旅游标记产品。

（四）

大宋宫阙移北国，

冰雪难掩思乡歌。

汴梁城内乐舞伎，

每伴骏马逐明驼。

（五）

气吞万里"按出虎"，

虎在辽东龙江渚。

狂啸中原五百年，

大清铁骑重卷土。

注："按出虎"即金之意。大清原为后金。

赠华西村

人间江南第一村,

天下富庶华西人。

且向未来铺苏绣,

一寸江阴一寸金。

2006 年 5 月 23 日

走厦门有感

二十五载鹭江春,

跨越发展又一轮。

金戈铁马豪气在,

天风海涛见精神。

2007 年 1 月

题昆山糊涂楼

天下兴亡，匹夫有责

匹夫兴亡，糊涂有责

糊涂兴亡，聪明有责

聪明兴亡，文人有责

1997 年 4 月 23 日

观雕塑"第一犁"（两首）

（一）

天地玄黄莽苍苍，
一犁入土惊八方。
双肩负有万斤重，
从此边塞满春光。

（二）

地老天荒第一犁，
熔剑炉旁水犹滴。
屯垦戍边五十载，
万顷黄沙着翠衣。

2007 年 9 月 8 日于新疆

题西双版纳童话林

前人植树后人荫,

果行育德长精神。

野象谷内添新景,

童话落地化为林。

注:2006年12月10日至14日,全国儿童文学委员会年会在云南召开,12日下午在西双版纳野象谷,作家们种植一片树林,取名"中国童话林"。

2006年12月12日于昆明

咏 长 治

与天为党伴云眠，

欣逢长治盼久安。

魅力城头彩霞绕，

高擎诗心追春天。

〽注：山西长治，古为上党郡，遂有此诗。

2007 年 6 月 23 日

湘行散咏（组诗）

赠双峰一中

山川蕴英气
双峰多人杰。
至今思先贤，
凛然启后学。

题爱心书屋

青山常绿水长东，
爱心如火播宇中。
书屋本具浩然气，
吐纳三湘育精英。

题白马湖

天湖一座湘中落，
如黛远山近葱茏。
碧水洗得诗心绿，
好吟千里快哉风。

赠涟源田心医院

杏林奇士数田心，
悬壶济世四十春。
窃得药王殿前符，
从此人间少苦辛。

黄龙洞二咏

（一）

吞吐虹霓一老龙，
独卧索溪参神功。
今朝喜见驭龙手，
排云掣电济世穷。

（二）

武陵欣逢叶文智，
腹有奇谋胸有诗。
但等天门洞穿后，
际会风云当此时。

1999 年 7 月

遵义九章

（一）

茅山道士赴云台，
窃得惊世好酒来。
百年三万六千日，
多少豪杰竞投怀？

（二）

好山好水好风月，
美酒佳人妙文章。
贵州素贵真情地，
遵义历为守义邦。

(三)

山高水远真情酿,
美酒佳诗日月长。
仁怀自此离别后,
衣襟总带茅酒香。

(四)

湖光山色乌蒙水,
酿得好酒济世深。
相逢不饮空归去。
满山黄菊笑煞人。

(五)

百年烟雨齐入窖,
赢得茅台举世名。
我愿举杯邀明月,
醒扶翠竹醉推松。

(六)

有酒无诗浊汉饮，

有诗无酒穷儒行。

到得遵义觅一句：

诗酒早缔同心盟。

(七)

娄山关前旧战场，

红旗依旧云外扬。

先辈豪气烈士血，

凛然凝就板桥霜。

(八)

二十五载抚掌过，

青丝换得两鬓斑。

待到百代交替后，

可曾仍忆娄山关？

（九）

云水幸得江山助，

乌蒙有此娄山关。

泥丸走罢六十载，

磅礴仍存胸臆间。

1997 年 12 月遵义旅次

黑河杂咏（组诗）

2007年8月5日，与诸文友赴黑龙江黑河市，一为参加"双子城之夏"俄中风情节，二为第二届姚雪垠长篇历史小说奖终评，感受颇多，以诗记之。

黑河无河

黑河无河倚龙江，
双子城池夜未央。
俄中情丝断还续，
共织彩锦铺东方。

爱珲纪念馆①

红羊劫火焚爱珲,

百年盼得凤凰回。

火中独存魁星阁,

欲借斗笔写崔巍。

海兰泡

鱼肉刀俎海兰泡,

五千冤魂沉江涛。

每叹内河变界水,

长恨弱国无外交。

南深北黑[②]

欲与深圳分南北，

弱翅难支大鹏飞。

廿载光阴壮士老，

谋定还凭气运催。

黑 河 杯[③]

闯王大旗绕世飞，

而今偏选"黑河杯"。

盖因百年风云史，

墨痕如血指爱珲。

"双子城之夏" 开幕式

俄中风情属黑河,
璀璨又看双星座。
世纪广场起欢声,
晴空万羽飞白鸽。

焰火之夜

墨玉铺就黑龙江,
红云绿雨扮晚妆。
六大公园人如织,
燃情篝火踏歌忙。

注:①1900年为红羊年,是年爱珲焚于战火。②20世纪80年代初胡耀邦同志视察黑河,提出"南深北黑比翼齐飞"设想。③本届姚雪垠长篇历史小说奖由"黑河杯"冠名。

军营感怀（组诗）

2007年7月初，为庆祝中国人民解放军建军80周年，我与陈忠实、赵本夫等一批作家赴二炮及陆海空三军采风，此行开眼界，长知识，受感动，途中即兴吟诗留念，这组小诗，可视为走进军营的别一种"日记"。

抵 达

一夜无梦到军营，
铁轨翻作金戈声。
雾迷中州鸡唱晓，
倚马洛阳待天明。

咏火箭兵

飞天逐日火箭兵,
白云深处掩雷霆。
指点伏牛江山笑,
至此更思杨业功。

咏二炮技术总队

当年瓦岗屯兵地,
今日锦簇新军营。
庭院深深古桥畔,
装雷卸电铸长缨。

钢板剪纸

欲到军旅觅小诗,
忽见钢板剪纸时。
至坚至柔一幅画,
情到深处难自持。

咏铁军

神州有铁铸此兵，
汀泗桥头小试锋。
屠龙斩蛟寻常事，
匣中仍作鼓角鸣。

铁军偶感

红色基因铁军魂，
丹心铁骨为黎民。
军旗永随党旗动，
来世愿做铁军人。

咏空降兵

驾雾腾云飞将军，
伞外青天伞内魂。
背负苍穹曳飞鸟，
每临风雨长精神。

垂直打击

背负青天手抚云，
凌空蹈虚为人民。
垂直打击凭一跳，
伞兵囊上唱青春。

洛阳遇雨即景

八方风雨会中州，
洛阳桥下水横流。
惊叹陆军变水兵，
汽车顿作破浪舟。

与文友打靶有感

身着迷彩手持枪，
文人兴酣赴靶场。
一张靶纸白如雪，
忍将弹洞缀风光。

喜迎十七大有感（两首）

　　在北京金秋的十月，欣闻党的十七大召开，收看了这次盛会的现场直播，听了胡锦涛主席代表第十六届中央委员会向大会作的报告，由衷感到我们执政党的治国理念更加深入人心，尤其对文化建设的重视更让人备感欣喜。遂赋诗两首，表达感奋之情。

其一

八十六载风雨路，

肩上红旗手中书。

青春满眼童心热，

且向朝阳鼓与呼。

其二

一十七次新港湾，

泊入长征远航船。

加油添水复起锚，

直济云海再悬帆。

2007 年 10 月

皖行杂咏

今年是改革开放三十周年,四月上旬与一批文友参加"中国作家看凤阳"采风活动,得小诗数首,以纪念此次意义深远的活动。

一 小岗村印象

葡萄架外菜花黄,
喜雨过后炊烟香。
处处架梁起新屋,
乡人笑指蘑菇房。

二　生死盟约

三十年前生死盟，
至今犹闻滚雷声。
颗颗指印红似血，
际会风云一握中。

三　万里题词石

只为果腹奔小康，
塌天大祸一身搪。
小岗走后忆万里，
幸有铁肩敢担当。

四　大包干纪念馆

须记"民以食为天"，
方有高效大包干。
个中苦辛谁记取？
岂可浪名效井田。

五　观花鼓灯

珠花摇曳走旱船，
文化站里锣鼓喧。
俚曲秧歌信口唱，
农家鼓腹乐尧天。

六　说凤阳

欲说凤阳语还休，
花鼓声里赞风流。
中都城外斜阳暮，
六百年前旧濠州。

七　滁州口占

环滁皆山山葱茏，
鹦鹉声透翼然亭。
文人到此休提笔，
斗酒千樽学醉翁。

注：小岗村目前人均收入六千元，以种植葡萄、养殖蘑菇为主业。

2008 年 4 月 10 日吟成于皖行途中
4 月 11 日改定于京城

山西吟草（九首）

宁武三题

为《诗刊》首届芦芽山"青春回眸"诗会，与众诗友自京城驱车千余里行程十小时后抵达宁武芦芽山，得小诗三首。

其一

青春岂堪再回眸，
折柳赋诗几春秋。
文坛晚晴忆旧雨，
白发童心觅自由。

其二

芦芽山高月正秋，
驱车千里为回眸。
青春不负登临意，
唯叹诗友皆白头。

其三

芦芽篝火似青春，
每伴寒星燃诗魂。
人虽老去关山在，
来路细察自扪心。

宁武冰洞行

其一

水晶世界玉乾坤，
万年留下皓月轮。
天造地设迷离景，
人到寒处添精神。

其二

洞外炎夏热难搪，
入洞急披冬时装。
羽绒服内裹惊诧，
冰山压顶复莽苍。

观晋剧《打金枝》

梅花六朵缀"金枝",
灿然尽显婀娜姿。
笑将唐王家中事,
唱与平民百姓知。

注：中国作协七届十次主席团会议在太原举行，夜观《打金枝》，中有六位梅花奖得主登台献艺，精彩绝伦。

咏大同云冈石窟（二首）

其一

削山劈崖留胜景,
匠心佛心两相通。
拓跋过后鲜卑尽,
或在你我血脉中。

其二

佛子心力竟移山,
一斧一凿做锦笺。
绘出千佛观天下,
留与万代续香烟。

题同煤集团塔山矿

开掘能源送光明,
情暖万家看大同。
循环经济推塔山,
黑煤绿采建奇功。

注:塔山矿设备先进,并提出"黑色煤炭,绿色开采"理念,令人振奋不已。

2010 年 8 月晋行归来

苏区纪行

2010年4月上旬,率队走访中央苏区,为"走进红色岁月"。感受独特,遂有此组小诗。

出发偶感

心香一瓣走瑞金,
吃水难忘掘井人。
把脉溯源寻往事,
岁月无涯史有痕。

于都河口

万里长征第一河,
大军此后百战多。
山凭青松存敬意,
水借波涛咏壮歌。

会昌二题

之一

会昌风景天下闻,
雨中岚山喜登临。
领袖无心做广告,
山水有情忆红军。

之二

主席挥毫赞会昌,
风景独好战旗扬。
大军南征敌情紧,
尚有豪情咏华章。

注:会昌城外岚山,有毛主席《东方欲晓》诗碑,1934 年 7 月 23 日,毛主席挥毫写下此章。

宁都偶记

之一

一路风雨今始晴,
宁都喜见杜鹃红。
三部源头觅小布,
耳畔似闻电波声。

注：小布镇为总参三部起点，红军第一部电台诞生地，遂有此诗。

之二

梅水轻绕宁都城,
城外青山无数峰。
老表荷锄方植树,
到此更思赵博生。

注：宁都起义领导人，红军著名烈士，反围剿战斗中牺牲，苏区政府为其建"博生亭"以纪念。

闻兴国山歌

忽闻一声同志哥,
一唱三叹有人和。
红土地上魂梦牵,
最忆动情在兴国。

伊敏河四章

2009年7月底,北京大热中与诸文友赴呼伦贝尔采风,在草原深处的伊敏河畔惊见华能伊敏煤电责任公司精神风貌,实为大型国企之典型,遂得小诗四章以志。

其一

追风逐电伴太阳,

天南地北送电忙。

蓝绿相助红为底,

饱蘸三色写华章。

注:华能集团企业理念为三种颜色,代表:红色为社会主义性质,绿色为环保循环经济,蓝色为开拓创新。

其二

巨轮滚滚驰煤海,

伊敏河畔送电来。

一盏马灯照长夜,

犹忆寒星入襟怀。

注:在753高地展览馆,见当年创业马灯,曾彻夜悬挂于草原以呼唤战友,感慨系之。又见煤海之舟车轮高达三米,诸友大惊诧合影不止,遂有此诗。

其三

草原半日三逢雨,

云脚斜垂倚天虹。

蒙古包前方驱马,

转瞬又拥樟子松。

注:到呼伦贝尔草原仅半日,竟三逢阵雨,车在云朵间穿行,雨脚如麻,顽皮追逐,为平生所见奇景也。

其四

樟子松林绿如烟，

红花尔基雨随缘。

伊敏河畔牧歌起，

草原深处聚能源。

注：红花尔基，为草原林场，有千顷樟子松，郁郁葱葱，生机勃然沛然。"尔基"者，镇子之意。红花尔基，或可称为"红花镇"，颇有诗意之名。

2009年7月29日　　伊敏河畔

《骄子从军》三题

观二炮文工团现代歌舞《骄子从军》,为大学生参军而怦然心动,遂得小诗三首以志……

其一

男儿有志佩吴钩,

荣耀须向苦中求。

军中骄子歌一曲,

唱尽时代真风流。

其二

少年意气慨当慷,

且向军旅觅荣光。

帽徽堪比校徽美,

我心如鹰云外扬。

其三

兵歌一曲久不听,

唱醒风云儿女情。

江山代有骄子出,

各有青春火样红。

2009 年 7 月

江 门 六 章

广东江门,为此次中国作协七届八次主席团会议召开之地,得小诗六首以誌。

其一　小鸟天堂

江山须得文人吟,
到此更忆巴金文。
独木成林万鸟集,
天堂欣然代雀墩。

注:因巴老1933年著《鸟的天堂》一文,从此雀墩改名小鸟天堂,遂成江门新会名胜。

其二　开平碉楼

千幢碉楼缀绿野，
万缕侨思惹红尘。
人去楼空风华逝，
清风夜夜抚铁门。

注：开平碉楼为广东唯一的世界文化遗产。

其三　侨乡偶感

如鱼洄游念旧水，
堪敬最是侨胞心。
金山客至众邻畅，
彼岸归来白发人。

其四　碉楼咏

亦碉亦楼亦农居，
防卫过度每称奇。
美国水泥德国铁，
暂护游子远梦栖。

其五　观老照片

——在华侨博物馆见广东蔗工戴镣工作于美洲巨幅照片，感慨系之。

背倚甜蔗堆如山，
脚下铁镣正森然。
异国刑具锥心痛，
故乡儿女眼欲穿。

其六　立园鸟巢

八十年前筑鸟巢，
百鸟啾鸣唱秋涛。
谢家公子怀远志，
预为奥运庆夺标。

注：立园为旅美华侨谢维立在20世纪20年代历时10年建造，现为全国文物保护单位，其中有一建筑上书"鸟巢"二字，大惊异。

2009年8月

黄河吟草

2011年5月5日,水利部陈雷部长、李国英副部长邀请中国作家赴黄河采访考察,壮行之后即赴济南,从黄河入海口处东营市溯流而上,途径菏泽、郑州、焦作,自小浪底返回。途中得句若干……

一 走黄河有感

行走黄河看水利,
千古兴亡一河掬。
河清自有万民庆,
水情民情两相宜。

二　黄河断流

黄河亦曾断洪流，
事关民族伟业休。
如今控沙又调水，
喜见刀鱼复洄游。

三　运土成地

万里黄河东入海，
至此方知水生财。
年积湿地二万亩，
寸土寸金水中来。

四　领袖遗愿

领袖期盼走黄河，
独骑溯源吟壮歌。
而今我辈沿途走，
追思前贤感慨多。

五　观黄河大堤

根石扎根黄河岸，
坦石坦卧黄水滩。
垛垛备石如堡垒，
只待洪峰战几番。

六　黄河模型馆

福祸预测真国士，
缩龙成寸有高人。
模型黄河今在握，
数字掌控梦成真。

七　东营

环顾东营无高树，
唯见井架立油田。
紫槐含嫣迎远客，
俯首又见二月兰。

八　白鹳

黄河湿地白鹳落,
昔日候鸟今常客。
一羽腾云引雏飞,
仙姿雅态踏春色。

九　远望楼观海

万里黄河入海口,
天风猎猎远望楼。
海晏河清波不起,
芦荻积翠待深秋。

十　入海口即兴

远望楼上观沧海,
海蓝蓝兮河清清。
桥下游鱼沉渊乐,
湿地百鸟正欢鸣。

十一　高村闸有感

黄水决堤弹雨飞,
涛声宛若战鼓催。
英雄血沃中原草,
赢得彩虹照翠微。

十二　东过兰考

绿满沃野过兰考,
春上枝头杨树梢。
至此缅怀焦裕禄,
公应含笑慰九霄。

十三　小浪底有感

蛟龙奉命潜浪底,
一声令下便出击。
携水冲沙走东洋,
势若迅雷奔腾急。

十四　赠水利部陈雷部长

一年三百六十天，
多在崇山峻岭间。
汶川过后又舟曲，
只为国泰与民安。

十五　缅怀一代河官王化云

化龙化凤又化雨，
化做根石护大堤。
驻守黄河四十载，
铁血人生铸传奇。

过庐江谒周瑜墓

风流千古事,
唯有周郎知。
弄琴一杯酒,
顾曲两行诗。
庐江埋骨地,
芳香护桑梓。
斯人虽已远,
倜傥留清思。

2012 年 4 月 9 日

咏宜春明月山

一

此处宜春更宜冬，
四时常驻为仙翁。
奇山不入中原界，
走入穷边方逞雄。

二

皓月无私照关山，
到此方知月值钱。
融入万古温柔水，
一轮暖月伴君眠。

三

月光如水足堪沐,

万古常温春色怡。

浴罢披衣揽山景,

方知此地四时宜。

四

有泉无月泉不清,

有月无泉月难明。

明月照泉泉映月,

方悟禅心为净空。

题杭州于谦祠

《石灰》一吟动古今,

六百年间第一人。

西湖柔水洗侠骨,

方知于公是"梦神"。

注:《石灰》为明朝抗倭名将于谦名篇。杭州人祭祀于谦已近四百余年,称为"梦神",专佑书生的梦神。于谦祠在西子湖畔的于谦墓侧,有祈梦殿。

2004 年 5 月 26 日于浙江杭州

"八一"抒怀

一

建军节日出京城,
乐煞一车众老兵。
多伦驱车行千里,
只为草原一一零。

二 走多伦

八月天高秋正好,
多伦城外青青草。
乌鸦列阵羊群移,
流云横泻白杨杪。

走 抚 顺

一

雷锋精神代代传,
常学常思常新鲜。
悲悯情怀凌云志,
爱到深处自无言。

二

诗文名家抚顺行,
煤都命运总关情。
且看六年停产后,
一方风景盼兴隆。

元旦有感

新年新在新十年，
世纪之初已如烟。
回首往事若珠串，
手上轻拈开新篇。

2010年1月1日

咏　雪

　　大雪飘然洗沉疴，
　　天清地爽瑞气多。
　　六十年来最晚雪，
　　万民瞩目看直播。

注：壬辰初春，京城普降大雪，气象部门称为北京六十年来最晚一场降雪。

闽行两首

其一

喜见八闽好山水,

此地宜茶更宜烟。

三瓯入口身心泰,

一支品罢方通仙。

其二

有茶清福至,

无烟不通仙。

吐纳风云气,

乐伴武夷山。

阿拉伯纪行
——戏仿龚定庵己亥杂诗

2000年10月11日至11月5日,我有幸与江苏女作家黄蓓佳、山东作家李贯通、北京大学阿拉伯语教授仲跻昆、作协外联部日本文学专家陈喜儒五人,历时25天,游历中东四国:约旦、叙利亚、黎巴嫩及阿联酋,行程漫漫,却欢乐异常,诗兴袭来,学得定庵龚自珍先生笔意,写杂诗十首,以纪行程。

其一 赠仲跻昆教授

虫牙忍对巧克力,
伤心却爱开心果。
长吁短叹一手牌,
马失前蹄阿勒颇。

注:(1)与同行作家黄蓓佳、李贯通、陈喜儒及仲教授赌牌叙利亚第二大城阿勒颇,输者吃一粒该地所产奇甜之巧克力,教授为之所苦。

(2)阿勒颇小驻两日,教授先胜后输,大悔之。

其二　再赠仲教授

万千话语一口传，
左逢甘霖右逢泉。
舌绽莲花眼含泪，
天方别后不夜谭。

注：仲教授为阿拉伯语世界译界名人，笔译口译堪称双绝。此行中东，多次座谈均赖教授勉力支撑，然教授重感情，常落泪，遂有此句。

其三　赠李贯通君

红海同享毒胆刺，
古堡跛行赖神驴。
街头饮得琼浆后，
腹内痛孕小菩提。

注：(1) 与仲教授、李贯通晨游约旦亚喀巴市红海，我们同被海胆刺伤，极痛楚不堪。当日参观佩特拉古堡，山路崎岖，步履维艰，后各乘一驴返回。

(2) 与贯通于叙利亚阿勒颇市遇一售水汉子，背水瓶类孔雀开屏，极有趣，遂购水并拍照。不料归后腹内均有响动，大悔并大乐之。

其四　　再赠贯通

举足红海任号啕，
舰长奇技把脚烧。
以毒攻毒海胆刺，
香烟胜过手术刀。

注：与贯通受伤后，参观约旦海军"哈桑王子号"驱逐舰。舰长颇有治疗经验，以香烟烧灼蜇伤处，极痛，遂有此句。

其五　　赠黄蓓佳

环佩叮咚土耳其，
豪门摆摊为谁迷？
玉腕缠得恼人链，
从此不敢闻茉莉。

注：黄蓓佳喜购饰物，于阿勒颇旧街遇一土耳其后裔，在祖父留下豪宅前设一小店，售首饰及各类香水，极英俊且殷勤。蓓佳购手链胸饰若干，且手背成为推销数种香水之试验地，不断抹之，气味芳冽持久。

其六　再赠黄蓓佳

芳名换得"黄一帖",
不医凡夫医李瘸。
良医良相愧良笔,
美人胭脂英雄血。

注：李贯通病背且伤足,蓓佳赠以日产膏药,一帖即愈,遂得绰号"黄一帖",为此行之神医也。

其七　赠陈喜儒君

娇吟一声"上车啦",
约旦河畔有女侠。
水烟含唾赠陈郎,
梦中长忆"嘿勒瓦"。

注：（1）约旦作协女主席利娜德·赫迪卜博士,性情开朗活泼,学得一句中国话,常挂于嘴边,令人捧腹。
（2）此为阿拉伯语"漂亮"之意,常以此句互相吹捧,喜儒曾被女主席以阿拉伯水烟相赠,味极辛辣,睹喜儒窘状,大乐。

其八　游死海有感

死海有风不起波,
袒腹且向浪峰卧。
从容读罢《文摘》报,
浑似床头闻笙歌。

注：游约旦死海，海水盐度极浓，只能仰泳和立泳，手头有一张9月15日《作家文摘报》，从容读毕，居然不湿，奇矣。

其九　途中有感

叙作协派两辆车随行，两车驾驶员均为戈兰高地人。一日桑下品茶谈及故乡，二人称：一旦故乡收复，宁愿光脚也要奔回，令人心痛不已。后同赴戈兰高地，雨中凭吊，中国作家与二人相拥落泪，状极感人。

戈兰高地两司机,
桑下品茶泪欲滴。
离家去国身漂零,
宁愿赤足奔故里。

其十　赠时延春大使

使节有文国家幸，
饱蘸诗泉写中东。
笔底尽收风云气，
皆因万里儿女情。

〰注：中国驻叙利亚大使时延春，为中国作协会员，喜写旧诗，亦好新诗，赠书一册，为《环球采风诗词选》。读之大受裨益，读万卷书兼行万里路，殊难得也。

2000年10月22日吟于途中
10月27日抄于大马士革子午线饭店

题云南王丕震纪念馆

文坛自古重晚晴,

花甲欣对青史灯。

百部书成"八零后",

羡煞边地老书生。

注:王丕震先生六十岁后执笔写长篇小说,二十年书成百余部,故有此戏言。

赠 周 涛（三首）

2007年7月与周涛兄携手出访南美哥伦比亚，深入腹地，行程四万余里，语言不通，然乐趣多多，分手时以小诗相赠……

（一）

诗酒文章"风雪侯"，

兴酣摇笔惊五洲。

聋哑相伴四万里，

天与多情不自由。

注：周涛屡以"风雪侯"自诩，且听力欠佳，遂有此诗。

2007年7月27日

时差未倒，子夜难眠，即兴于京

(二)

风雪王侯老周涛,
走马天山胆益豪。
云烟满纸波澜起,
诗吟南美领风骚。

(三)

早知风雪助周侯,
雹雨过后别美洲。
诗酬轻取五十万,
且向街头易貂裘。

注:因演讲获哥伦比亚币 50 万,折合人民币千元,行前与周涛兄各购一皮夹克为念。

赠马学武

玉人相识三十年，
不羡财缘羡玉缘。
天工夺巧由心动，
白玉城阙壮天山。

> 注：马学武，我国玉雕大师。居乌鲁木齐，开有白玉展馆，举世罕见。

2007 年 9 月 5 日于新疆

赠束沛德

风中有铃铃有风，

沧桑无语任倥偬。

平中见奇说往事，

最难境界是从容。

❧注：束沛德，中国作协老领导，儿童文学评论家。《岁月风铃》为其新著。

2006 年 12 月 12 日于昆明

赠刘水生

国嘴尝遍天下菜,

心中每忆大会堂。

兰亭曲水偶一坐,

更思广厦龙井香。

注:刘水生,中央党校同学,时任人民大会堂管理局局长。

2005年7月24日浙江福州

赠谢鸿光

数字朦胧鸟朦胧,

政绩常在烟雾中。

深圳酒后一席话,

方知谢公醒且清。

注:谢鸿光,中央党校同学,时任国家统计局负责人。

2005年7月24日浙江福州

赠白庚胜

青春留得豪气在,

东瀛西洋归去来。

民间传奇眼底事,

茶马古道旧情怀。

注：白庚胜，中央党校同学，时任中国文联民协分党组书记，纳西族著名学者。

2005 年 7 月 24 日浙江福州

赠 高 树 勋

台风作伴每相随，

点评过后笑眼微。

口中罕闻官套话，

雁荡三句定法规。

注：高树勋，中央党校同学，时任文化部政策法规司司长。

2005 年 7 月 24 日浙江福州

赠蔡振华

调研组内小老弟,

每随人后占先机。

乒坛少帅威风在,

海内无人不知己。

注:蔡振华,中央党校同学,时任国家体育总局乒羽中心主任。

2005 年 7 月 24 日浙江福州

赠 朱 虹

组长"南巡"气如虹,

一路长谈见真功。

掌上细察广电事,

口中沙哑铁喉咙。

注:朱虹,中央党校同学,时任国家广电总局办公厅主任、党校课题调研组长。

赠 黎 刚

鞍前马后谁最忙?

走遍珠江又长江。

三角洲内调研毕,

首功当推小黎刚。

注：黎刚，国家广电总局办公厅干部。当时负责中央党校课题调研组秘书工作。

2005 年 7 月 24 日浙江福州

赠张贤亮

千古文章未尽才,

岂容张郎独自哀。

骸骨乞罢余峻骨,

梦圆古堡举世骇。

◎注:宁夏著名作家张贤亮,时有"乞骸骨诗"咏退体生涯,遂以此诗相赠。

2005 年 8 月 19 日宁夏银川

赠肖怀远

二十八载雪域行，

留得硬骨写丹青。

豪迈尚余侠士气，

敏捷长存高原风。

注：肖怀远：曾在西藏工作28年，时任天津市委宣传部部长。对文学一往情深，主持设立文艺基金以鼓励青年作家。

2004年4月26日于天津

赠宋晓梧

繁忙依旧压力减,

杜鹃声中又一年。

兔走龙飞岁月疾,

同学难聚叹怅然。

注:宋晓梧,中央党校培训部同学,著名经济学家。

端午寄友

端午偏逢世界杯,
粽香环绕足球飞。
夙夜不寐对电视,
球迷乐事能几回?

赠 丁 士

好诗但有怀古意,

端午何妨自举杯。

沉江觅取后人敬,

而今兴趣在南非。

☙注:2010年世界杯在南非举行,开心无比,遂有此二诗。

元旦赠丁士

为盼新年赋新词,

短信传与同学知。

纵有块磊浇不得,

仍赏字句有才思。

注:丁士,中央党校同学,《经济日报》副总编辑。

赠温燕霞

红翻满天有燕霞,

笔下常生老区花。

祝愿龙年多给力,

心态从容当大家。

注:温燕霞,江西女作家,著有革命历史题材长篇小说《红翻天》。

赠 吕 雷

广东有吕雷,

文坛方可为。

震后布春雨,

禾苗尽葳蕤。

❧注：吕雷，北大作家班同学，广东著名作家。

赠李聪颖

行长迁乌海，

诗心绿大漠。

细数黄金线，

莫如吟长歌。

注：李聪颖，即内蒙古族诗人斯日古楞，为内蒙古某银行负责人。

赠吕进

西南诗意浓，

首功推吕兄。

从容著高论，

层云满心胸。

❧注：吕进，原重庆文联主席，著名诗歌评论家。

元旦赠赵黎平

同入花甲忆童年，

历历往事如云烟。

玉兔辞罢金龙至，

尚有诗心付砚田。

注：赵黎平，小学同学，内蒙古自治区副主席兼公安厅长，诗人。

赠军旅诗人王毅

军中美女舞翩跹,

雅乐踏歌迎龙年。

团扇轻挥春风到,

此刻最是忆四川。

赠珠海诗人罗春柏

诗心不老罗春柏,

退休过后更萌枝。

沧桑在眼看世界,

处处风景处处诗。

注:罗春柏,原珠海市人大主任,退休后出版诗集,在京研讨,反响热烈。

赠 丁 一

牢骚太盛肠未断，

风物量时犹觉长。

丁兄此去豪情在，

分明愈老愈风光。

注：丁一，著名书画家。

贺李松涛六十花甲

松涛一缕韵味清，

曾借炊烟扬诗名。

壮岁从戎不投笔，

沧桑无倦人有情。

注：李松涛，军旅诗人，成名作为《第一缕炊烟》，被臧克家先生赞赏并撰文评价。

忆秦牧先生

艺海秦公频拾贝,

彩笔绘得几芳菲?

识高文深从容论,

斯人远去沐余晖。

于大同旅次

悼刘希全

今宵月明心不明,

诗友猝离咒苍生。

鸿图未展先折翼,

一掬清泪送远行。

注：刘希全,《诗刊》副主编,因心脏病突发逝世,时年48岁。

2010年中秋节

赠刘顺达

神仙乐伐月宫树,

顺达喜发九洲财。

电源煤源掌中事,

立马大唐何壮哉。

注：刘顺达，中央党校同学，大唐电力集团总裁。

答张胜友

每逢换届常扑朔，

名利场内总迷离。

是非自有真相在，

搬石砸足未见奇。

注：张胜友，中国作协党组成员、书记处书记，此为2006年9月某次会上偶遇，胜友以"扑朔迷离"相问，一笑赠之。

赠贺捷生大姐

——时为大姐 71 周岁生日

圣婴有意助长征,

娇啼每伴军号声。

捷报一传七十载,

留得妩媚将军情。

注：贺捷生，贺龙元帅之女，诞生于长征途中，为中国人民解放军将军。

赠《幼儿画报》二题

（一）

百万"粉丝"齐开档，
情到深处猛尿床。
最喜小儿无赖极，
呢喃窗前明月光。

（二）

二十五年铸辉煌，
纸上生涯情意长。
幼苗需凭心血灌，
枝叶摩云绿八方。

注：《幼儿画报》为中国少儿出版社所办，数年间由十几万而猛增为一百三十余万册，创期刊出版奇迹。
余为其撰稿作者之一。

2006 年 10 月 8 日

四月走邯郸寄杨慧书记

邯郸道上喜逢君，

亦官亦民亦温文。

感君情如岭上月，

梦酒三樽诗意淳。

注：邯郸市委副书记杨慧，为我中央党校同学，喜读书藏书，遂有此诗。

2006年4月即就

读评论集后赠李美皆

自古文坛不江湖,

鲜有豪杰挥铁帚。

坦然心境淡泊人,

一笔在手任歌哭。

注:李美皆,解放军女评论家。

2007年11月即兴

赠朱晓平

万里同行布拉格，

胶卷数码两蹉跎。

镜中岁月沧桑老，

尚有青春豪气歌。

注：朱晓平，当代著名小说家。《桑树坪纪事》作者，为多年旧友。

2005 年 5 月 11 日即兴走笔

赠刘宪平

平川如履走东欧，

故地风物一望收。

偶因刀叉易箸筷，

北海西湖且莫愁。

注：刘宪平，俄罗斯文学翻译家。几次与我共同出访。

2006 年 5 月 11 日

赠赵首先

电光石火首先诗,

花开花落自由之。

"语言以外"心声显,

禅机余韵总相思。

☙注:赵首先,电力系统著名诗人,诗集《语言之外》作者,此为研讨会上即兴。

2006 年 5 月 11 日

赠张秋林

二十年前庐山盟,

预定事业必飞腾。

云里雾里心中事,

不为苍生为儿童。

注:张秋林,江西二十一世纪出版社社长,为少年儿童图书出版贡献多多。

2007 年 10 月

读徐光耀《昨夜西风凋碧树》三题

其一

烈火平原曾称雄,

大旗一杆舞当空。

凋零碧树非本意,

忽遇东风吹又生。

其二

昨夜西风凋碧树,

黄叶飘零神州路。

今有喜雨催新枝,

老梅吐蕊香彻骨。

其三

"抗战""反右"两情牵,

一弦一柱忆当年。

血泪激得淋漓墨,

每从字句觅相关。

注:徐光耀,河北著名老作家,《小兵张嘎》作者。

赠马丽华

如意高地归去来,
诗酒人生旧情怀。
伏耳塔瓦泛舟夜,
且将"藏情"付瑶台。

注:马丽华,小说家、诗人,著有新书《如意高地》,遂有此诗。

2006 年 5 月 11 日

赠 刘 颋

名字偏将故人难,

少有心事付锦笺。

双眼曾经湘水洗,

总忆"非典"小汤山。

注:刘颋,《文艺报》编辑、记者,曾在"非典"时期随团采访。

2006 年 8 月 28 日即兴于北京

赠李东华

一载戎马半世情,

校园别后忆军营。

北大才女诗心热,

乐将芳菲付孩童。

注:李东华,当代儿童文学作家。

2006 年 8 月 28 日即兴

赠杨守松

昆山有玉惜未逢，

最喜相逢杨守松。

糊涂楼主一杯酒，

助我豪情唱大风。

注：杨守松，著名报告文学家，著有《昆山之路》、《苏州老乡》等报告文学。

1997年4月23日

艾青逝世十周年感怀

欲将诗心付明月,
每逢端午思艾青。
光明使者跨鹤去,
原上野草正葱茏。

2006 年 5 月 10 日

题《石狮日报》

闽南狮吼第一声，

此报不与别报同。

铁肩妙手十万字，

留待刺桐相映红。

2003 年 2 月 16 日于福建石狮

赠黄蓓佳

倾情一笑鹤归来,

少年丰采旧情怀。

留得童心书青史,

春雨秋阳自通才。

注：黄蓓佳，小说家，著有"倾情系列"丛书，此为研讨会上即兴。

2006 年 9 月 24 日江苏苏州

题《大庆词典》诗集

一部大典六千诗,

字里行间有奇思。

铁人虽去精神在,

留与后辈写青辞。

2004 年春日

赠樊建川

仁者安仁智者思,
男儿有志觅史诗。
韦编三绝断复续,
勘破真情即吾师。

注:樊建川,四川著名企业家,为建川博物馆创始人,藏有抗战文物若干,有《抗俘》等专著。

2007年12月2日
题于四川大邑县安仁镇

赠吕雷 赵洪（两首）

一

国运盛兮文运昌，
如椽之笔著华章。
南北二杰连珠璧，
沥血呕心为谁忙？

二

大江沉重又一春，
蹉跎五载旧光阴。
一笔在手常浩叹，
尚有亲情伴歌吟。

注：《大江沉重》为吕、赵合著长篇纪实文学

于广东虎门《国运》研讨会上

贺广西接力出版社二十周年

意气纵横二十年,

一社昂然立云端。

总为事业能接力,

喜看春雨满人间。

代《幼儿画报》拟礼品诗（药枕）

欢度国庆又一年，

寄上药枕供安眠。

既疗颈椎复送喜，

鼎力相助印数添。

邮路直通高峰顶，

笔阵陈列犹可观。

幼儿待哺凭君力，

前景葱茏更无前。

代《幼儿画报》拟礼品诗（煎锅）

人生莫若锅在手，

煎炒烹炸乐悠悠。

美味当中品哲思，

炒菜炒饭炒丰收。

欢欣当如水满锅，

事业应赛火烹油。

每为儿童做善事，

鸿运绵绵总当头。

代《幼儿画报》拟礼品诗 _(盐灯)

玉兔辞罢迎金龙,

祥云缭绕盘九空。

我有吉言八百句,

化作一盏竹盐灯。

真情真义真给力,

有滋有味有光明。

祝君好运连绵至,

皆因心中有儿童。

赠李瑛先生（二首）

一

六十八载诗春秋，

新辞四千说风流。

时代云烟笔端注，

立意清深拔头筹。

二

书生报国凭只笔，

六十八载风云急。

字字珠玑皆心血，

古稀之年犹可期。

赠 李 迪

八下丹东迎龙年,
今日昨日不一般。
昨日潜行看守所,
而今载誉庆凯旋。

赠李迪赴丹东

举国同欢庆佳节,
迪兄独向高墙歇。
一笔在手写狱警,
此心当与云天接。

注:李迪,军旅战友,著名小说家,近著《丹东看守所的故事》影响颇巨。

赠俞林祥上将

军魂诗魂两相通,

将军本色是书生。

边地情怀家国事,

戍楼一曲唱大风。

赠国防大学友人三章

一

嫦娥奔月虽可贺,
莫如航母踏碧波。
万里东海驱贼寇,
钓鱼岛上把鳖捉。

二

海军华山舰,载我去海南。
浊浪触天际,落日云水间。
此行三千里,考察兼调研。
海陆空三军,皆为好儿男。
一旦战云起,铿锵奏凯旋。

2010 年 11 月
即兴于琼州海峡军舰上

三

南海波涛连天涌,
强敌无日不横行。
岛礁每被蚕食尽,
渔歌当化军号声。

于南海舰队

诗友唱和专辑

一 为《中央党校日记》出版贺诗

附：张黎明赠诗《中央党校日记》有感

喜读高兄日记书，朝朝暮暮思绪浮。
勤奋积累获硕果，榜样引我踏征途。
喜读高兄日记书，字字句句文章酷。
洋洋洒洒万万言，真情彩信学子图。
喜读高兄日记书，真真切切明白悟。
心中流淌感激情，大哥留下同高著。

附：刘顺达步丁兄韵贺《党校日记》出版

信手拈来日记年，真实亲切动人篇。
定慧洪波留轨迹，文风巨变换人间。

附：李定贺《中央党校日记》

日记夜思党校年，洪波信手留名篇。
留心大有存墨迹，友谊长存天地间。

附：丁士贺《中央党校日记》出版

夜记日学整一年，素描史笔出华篇。
莫言勤奋留足迹，大爱更出大有间。

二 为高洪波文学创作四十周年作

附：王泉根

能诗能文笔真健，书法雅玩亦通兼。
文人本色军人气，国有难兮君必先。
笔耕四十铸鸿篇，穿越官场留美言。
最喜男婴笔会时，青春在眼童心鲜。

2012 年 12 月 1 日

附：丘树宏

诗书寻梦四十年，著作等身奉人间。
队伍殷勤称团长，华章慧智现童顽。
赤字情怀心界远，文人气质志趣宽。
殿堂煌煌存敬畏，感恩唯有永行前。

2012 年 12 月 3 日

附：李松涛

为诗为文为事业，春秋间威名佳誉满华夏。
重情重义重良知，晴雨里挽臂携手暖众心。

（松涛于山海关外祝洪波老友甲子大寿）

附：丁士

四十不惑笔耕同，甲子纯如十四风。
剑胆诗心萌草场，结庐定在更高峰。

附:商泽军

一

六十人生耀文坛,人诚品真众家传。
非典冰震存青史,仰面朝天不汗颜。

二

人生甲子倾童心,诗文染墨句句真。
戎马归来北大行,著作伴君论古今。

附:董宏猷

贺洪波兄创作研讨会召开,附诗为先生寿
耕云播雨四十春,青山踏遍见精神。
军营放歌彩云壮,文坛走马情义真。
大旗擎天向未来,洪波浚地润童心。
且将东坡种桃李,天下孩子尽识春。

附:李定

洪波涌日西辽水,边境飞来军号哥。
我想趣谈悄悄话,谁驮传说白天鹅。
等身著作童心在,联手乒乓好友多。
作协担纲虽任重,文坛走笔未蹉跎。

南国纪行（十八首）

2013年10月10日至16日，作为全国政协一名新委员，首次随同卢展工副主席一行到海南、广东两省进行"现代社会文化组织在文化大发展大繁荣中的作用"考察，广增见识，且受益弥深，委员之间热诚相处，工作人员细致周到。仅以小诗纪此行程，亦可视为"考察日记"……

三亚茶叙

品茶三亚夜未央，茶贤把盏待客尝。
正山野茗味殊绝，台湾陈茶琥珀光。
溪茶绵绵喉韵久，花茶依依递芳香。
最喜一杯妃子笑，涤尽世间俗人肠。

注：妃子笑，福建武夷正山茶中的名品。

因茶失眠得句

三亚茶话压海涛，

香茗妙水逞妖娆。

欣逢政协新鲜事，

茶贤捧壶慰群僚。

闻卢展工副主席茶论有感

先祖茶诗旧有名，

唐人饮罢欲腾空。

一杯斟尽古今事，

风流每在氤氲中。

注：唐朝卢仝有绝妙茶诗传世，遂有此句。

送三亚市政协诗

蕉风椰雨夜听涛,
三亚茶叙兴味高。
政协群贤北国至,
一杯佳茗说风骚。

> 注:此诗由书法大家苏士澍先生书写,并当场赠送三亚市政协。

小海花少儿舞蹈中心座谈有感并和曹育民将军

三亚座谈第一家,
清风如水话如茶。
更喜雪中送炭事,
廿万善款赠海花。

> 注:三亚调研时,小海花舞蹈团负责人董慧说起赴新加坡演出经费困难,同行两位政协委员当即每人捐款十万元,座中人皆大感动,董慧称"如做梦一般"。

槟榔谷内

黎家长老善鼓吹,
鼻箫悠悠迎客回。
槟榔树下一挥手,
道声珍重白白嘿!

注:1. 黎族老人以鼻孔奏乐吹箫,平生首见。2. 黎语白白嘿为告别专用语。

观陵水南岛猴戏

手把绿帽戏猴群,
泼猴不肯让半分。
绿意本具天然美,
错将人心代猴心!

听第一老旦清唱赠袁慧琴

声可裂帛遏流云,
无愧梨园最高音。
慈禧病榻长吟罢,
又见素面佘太君。

赠宋庆龄扮演者李羚

国母保姆集一身,
性情爽朗更率真。
二姑充盈正能量,
公推最佳主持人。

注:宋庆龄为海南文昌人,当地人尊称为"二姑",李羚每自诩之。

赠书法大家苏士澍兄

我吟诗句君挥毫,
墨迹透纸胜锥刀。
更谢茶禅一味语,
寄意遥深可招潮。

注:同行十余人,苏士澍先生分赠每人一幅书法作品"茶禅一味",韵味悠悠。

赠高敬德先生

君卧冰雪我看云，
同为少小从军人。
青春意气今犹在，
报国何须惜此身！

注：与香港委员高敬德先生细聊，方知同年入伍，一在北疆，一在云南，遂有此句！

告别海口有感

丽日蓝天抵三亚，
雨骤风狂辞海南。
到得羊城三击掌，
悄然脱出台风圈。

注：台风"百合"逼近海南岛，离岛时我们已处于台风圈中。

赠常荣军学友

同窗一载未见奇，
只为移情在滇西。
共走南国方大悟：
吟诗摄影尽占机。

注：常荣军副主任为我中央党校同学，他生于云南临沧，为我从军老部队驻防之地，故话题多多。

赠曹育民将军

戎机赴罢每沉吟，
将军本色是诗人。
一杆画笔见才艺，
泛舟南海载诗心。

注：解放军委员曹育民将军一路与我诗词唱和，偶出示手机中所存绘画作品，大惊诧，叹为奇才！

赠王全书主任

此行最忆王全书，
口技高超胜锣鼓。
嘘罢一曲常香玉，
相约中原再逐鹿。

注：河南政协原主席王全书，性诙谐幽默，袁慧琴清唱时他以口代锣鼓点伴奏，众人乐不可支。

赠王波涛战友

曾经沧海难为水，
除却波涛不是潮。
海军老兵雄心在，
期盼来年再相招。

注：政协教科文卫体委员会办公室副巡视员王波涛，入伍海军十六年，后转业秘书局，曾为孙轶青前辈的秘书，孙轶青曾为中华诗词学会会长，故与王波涛一见如故。

赠孔梅主任

考察每随队列后,
座谈常见笔耕稠。
巾帼不把须眉让,
茶谈酒叙勤运筹。

赠冯川建先生

解囊海花露真情,
体坛文场两相融。
身高敢担天下事,
心诚赢得路路通。

☙注:海南冯川建委员,身材高大,原为贵州省军区篮球队员,曾支持海南作协数百万元举办长篇小说大奖赛,此番调研小海花舞蹈团,又率先解囊资助,令人感动。

2013 年 10 月海南、广东旅次

神农架杂咏（十首）

高洪波

其一　赞神农氏

神农曾尝百味苦，
只为万民一病除。
我辈至此诵祷语：
唯盼家国上坦途。

其二　初走神农架

万里云烟笼彩霞，
神农架上观奇葩。
秋意满眼着春色，
江山妙语谁堪达？

其三　香溪源

昭君曾饮香溪水，
一曲歌罢再不回。
塞上青冢伤心碧，
帐内可汗奶酒催！

其四　木鱼镇

木鱼无敲天有意，
雨中踏访香水溪。
一伞撑开云天外，
不见野人见野趣！

其五　观神农像

双角支撑乾坤地，
洗药池畔水清奇。
先贤有口尝百草，
不吐莲花吐生机！

其六　再赞神农氏

百草啮遍倍苦辛，
不为江山为黎民。
寄语公仆须牢记：
五千年前第一人！

其七　大九湖

九大湖水皆美酒，
酿透神农千载秋。
薛刚饮罢反武曌，
老营盘内说恩仇。

其八　水分江汉

水分江汉堵河源，
木栈道上笑语喧。
高山湿地迷人景，
一步三回久流连。

其九　神农谷观雾

浓雾突锁神农谷,
如画江山绘迷图。
忽有清风揭纱帷,
满目嶙峋伴惊呼!

其十　金丝小猴

笼内难存顽皮心,
侧身移出羞见人。
圆睛如珠闪稚气,
山精木魅应惊魂!

注:1. 神农雕像头有双角,故有此诗。
2. 大九湖,传说薛刚反唐时九大营盘,内有太子李显手植古树。
3. 神农架有动物救助站,见笼内珍奇动物金丝猴,哺乳期小猴在笼内外穿行自如。

题商泽军所藏罗汉图

众生百态十八相,

喜怒嗔乐罗汉装。

伏虎降龙寻常事,

快意人生走一趟。

题重庆江津爱情天梯

绝世爱情付天梯,

石破云走藏深机。

山里岁月山外事,

行人至此悟灵犀。

卢梓仪《花开的声音》研讨会有感

少年情怀总是诗,

花开花落两由之。

能听天籁足堪美,

一叶落地惹文思。

送小女绍兴出阁

江南初雪掩新绿,

西施殿旁观浣溪。

北地胭脂归南国,

一团欢喜嫁小女。

自此乐为楼门妇,

故乡翻认作诸暨。

吴音越语细分辨,

枫桥镇上乐无极。

读李兰妮新作有感

鸡零狗碎见性情,

忍悲痛说抑郁症。

童年记忆难回首,

一书当谢狗医生。

贺刘家三诗人上庄集出版

其一

燕山深处铸华章，
刘家叔侄况味长。
各挥彩笔记心路，
流霞喜缀诗上庄。

其二

上庄山水助刘家，
诗溪汩汩传佳话。
秋兴当助皓天月，
杯中饮尽燕山霞。

贺刘福君新诗集出版

颂妻百首殊难得,
燕山深处调琴瑟。
同度时艰共甘苦,
且听雾灵和谐歌。

赠 梅 毅

端午时节读华章，

粽香难掩梅花香。

唐寅托生燕云地，

才调高绝堪称王。

☙注：借端午假期，梅毅兄三书读毕，大乐。《偶尔寄》最见性情，深合我心，排为一。《偶尔禅》见功力，佛学底子与诗歌见地均厚，只121页小标题错，诗禅弄颠倒了，排为二。《偶尔色》见读书种子由来，半遮半掩，排为三！

为续维国散文集《玩味老通辽》题大冶行

百年建城百年史，
草原风情一卷诗。
故乡绵邈心常系，
留得况味起相思！

其一 大冶行

岳飞曾铸大冶剑，
隋皇喜得五铢钱。
若无千年旧矿井，
岂有宝鼎问中原？

其二　铜绿山下有感

宝光闪闪蕴黄石，
铜绿山下显奇姿。
幸有先民燃竹炬，
留铸千秋百代诗。

其三　黄石博物馆

乒乓在手足堪乐，
冶炼自可富敌国。
博物馆内观遗珍，
心中常存壮志歌。

其四　咏铜草花

紫色香蕾缀山崖，
留待十月伴秋发。
预为铜矿报春讯，
大冶独开铜草花。

其五　矿碴咏

百炼留得乌黑身，
取走精铜铁尚存。
千年古窖逢新雨，
检点青史追浮云。

其六　孔雀石

翠羽难媲此石艳，

孔雀开屏铜绿山。

天遣奇石留东楚，

绿染史册三千年。

其七　亚洲第一坑

百年掘出千寻坑，

铁矿当初费经营。

今有万亩槐树林，

垂花常念汉冶萍！

注：2013年5月上旬，携诸诗友走黄石，参加青春回眸笔会，得小诗数首。黄石以矿立市，资源丰饶，磁湖绕城，兼有西塞山风光，三千年冶炼史，且重视文化，为极具特色的一座城市。

读《父亲的雪山　母亲的草地》致贺捷生大姐

细品将军文,热泪每沾襟。
家史即军史,革命为血亲。
字字椎心肺,篇篇忆苦辛。
童年多坎坷,成长赖光阴。
开国元勋事,妙笔带古今。
雪山若虎父,草地类慈亲。
烽火扬大旗,戎马独为尊。
平静说往昔,激昂转沉吟。
此书当万卷,庸文何足论?
珍重中国梦,远景正氤氲。